Dieses SchneiderBuch gehört:

Liebe Eltern!

Ihre Kinder sollen Spaß am Lesenlernen haben, und dazu brauchen sie motivierende Lesestoffe. „Das kunterbunte Nilpferd" ist ein Konzept, mit dem Kinder spielerisch lesen lernen können. In vier Lesestufen steigt Ihr Kind Schritt für Schritt vom Leseanfänger bis zum fortgeschrittenen Leser auf. Dieses Buch gehört zur vierten Lesestufe. *Der Kinderroman ab 8* ist für Kinder gedacht, die schon etwas flüssiger lesen können. Sinnzeilen sind jetzt nicht mehr nötig, aber eine gut lesbare Schrift und viele auflockernde Bilder tragen wesentlich dazu bei, dass das Lesen Spaß macht. Und wenn Ihr Kind das Buch beendet hat, ist es auch motiviert weiterzulesen, und es wird in Zukunft größere Textmengen spielend bewältigen.

Prof. Dr. Maria-Anna Bäuml-Roßnagl
Institut für Schulpädagogik und Grundschuldidaktik
Ludwig-Maximilians-Universität München

Barbara Zoschke

Die geheimnisvolle Mühle

Mit Bildern von Annette Fienieg

SCHNEIDER BUCH

Die Deutsche Bibliothek – CIP-Einheitsaufnahme

Die **geheimnisvolle Mühle** : [mit zwei lustigen Rätseln] / Barbara Zoschke.
Mit Bildern von Annette Fienieg. – München : Egmont Schneider, 1999
(Das kunterbunte Nilpferd : Kinderroman ab 8)
ISBN 3-505-11114-7

Dieses Buch wurde auf chlorfreies,
umweltfreundlich hergestelltes
Papier gedruckt. Es entspricht den
neuen Rechtschreibregeln.

Der Schneider Verlag im Internet:
http://www.schneiderbuch.de

Titelbild und Illustrationen: Annette Fienieg
Logoillustrationen und Vorsatz: Jutta Timm
Grafische Gestaltung: Uli Gleis
Rätselseiten: Dorothea Tust
Lektorat: Henriette Wich
Herstellung: Gabi Lamprecht
Satz: Hans Buchwieser Satz- und Druck-Service GmbH, Kirchheim
Schrift: 15' Palatino
Druck/Bindung: Ludwig Auer GmbH, Donauwörth
ISBN 3-505-11114-7

99 00 / 8 7 6 5 4 3 2 1

Inhalt

Zwei seltsame Alte

Langsam fuhr der alte Kombi die schmale Waldstraße entlang. Tom und Luna rutschten auf dem Rücksitz aufgeregt hin und her. Keiner von beiden hatte die alte Mühle bisher gesehen, in die sie bald einziehen sollten. Ihre Eltern hatten sie gestern besichtigt und sofort gemietet. „Es wird euch gefallen. Es ist ein Traum, ein Paradies …“, sagte Werner Geske zu seinen Kindern.

Luna fiel ihrem Vater ins Wort: „… riesig viel Platz, Garten, mitten im Wald gelegen, absolut ruhig, weit und breit keine Menschenseele …“ Ihr Vater hatte mindestens zehnmal dasselbe gesagt.

Luna war von der Idee, in die alte Mühle

zu ziehen, genauso begeistert wie ihr Bruder.
„Keine Menschenseele stimmt aber nicht“, sagte Tom. „Die beiden Alten sind ja da!“
Werner Geske räusperte sich gespielt streng. „Du meinst die netten alten Damen Käseberg, die so freundlich waren, uns die Mühle zu einem Spottpreis zu vermieten. Stimmt. Sie bleiben im Nebenhaus wohnen.“
Als Dagmar Geske den Motor drosselte, schauten Tom und Luna erwartungsvoll hinaus. Langsam lenkte ihre Mutter den Kombi auf die alte Mühle zu. Wie eine Burg sah sie aus. Die meisten der vielen Fenster waren mit Läden verschlossen, von denen die dunkelgrüne Farbe abblätterte. Aus dem Schornstein stieg Rauch. Der Garten war ziemlich verwildert und nicht eingezäunt. Er ging einfach in den Wald über.
Minna und Berta Käseberg kamen ihnen

freundlich winkend entgegen. Berta, die ältere der zwei Schwestern, war kaum größer als Tom. Sie hatte schlohweißes Haar, das in einem dünnen Zopf auf ihren Rücken fiel. Sie war ganz schwarz gekleidet und trug Holzpantinen. An ihrem Hals baumelte eine dicke silberne Kette mit einem großen Amulett.

Minna Käseberg war fast einen Kopf größer als Berta. Die wenigen Haare, die ihr geblieben waren, hatte sie kunstvoll hoch toupiert.
Luna flüsterte ihrem Bruder zu: „Kikeriki. Da kommt ein gerupftes Huhn!“
Tom grinste verstohlen.
Minna Käseberg hatte sich ein riesiges Dreiecktuch über die Schulter gelegt, das sie vor der Brust mit der Hand zusammenhielt. Mit der anderen Hand stützte sie sich auf einen Gehstock. Sie humpelte ein wenig.
Luna sah deutlich, dass ihr linkes Bein kürzer war als das rechte.
„Herzlich willkommen“, krächzte Minna mit dünner Stimme. Dann ergriff sie nacheinander die Hände ihrer neuen Mieter und schüttelte sie zaghaft. Als sie sich Tom zuwandte, stutzte sie einen Augenblick, schüttelte den Kopf und sagte: „Das ist ja unglaublich!“

Tom machte große Augen. Was war unglaublich?
Minna Käseberg strich Tom mit der Hand über das Haar.

„Genug jetzt!“, sagte Berta streng zu ihrer Schwester. „Lasst uns endlich hineingehen. Es ist doch schon recht frisch hier draußen.“
„Wir freuen uns ja so sehr, dass Sie in das alte Wohnhaus ziehen wollen, Herr Ges-

ke“, sagte Minna Käseberg, als endlich alle um den hübsch gedeckten Kaffeetisch saßen. „Es tut so weh, es verfallen zu sehen!“
„Das kann ich mir vorstellen“, sagte Dagmar Geske. „Wohnen Sie denn schon lange hier?“
Berta räusperte sich. „Es geht!“, sagte sie.
„Haben Sie hier immer allein gelebt?“, wollte Luna wissen.
Die Schwestern schwiegen.
Endlich stand Minna auf und sagte: „Allein? Was heißt schon allein? Wir haben den Wald, es gibt die Vögel, die schöne neue Mühle …“
Berta stieß ihre Schwester unsanft in die Seite. „Red keinen Unsinn, Minnie.“ Und an die Geskes gewandt, erklärte sie: „Die Windmühle ist uralt und schon lange nicht mehr in Betrieb.“
Minna Käseberg blieb stehen und wackelte nervös mit der Stuhllehne.

Dann sang sie mit zitternder, unheimlicher Stimme: „Es klappert die Mühle am rauschenden Bach, klipp-klapp, klipp-klapp, klipp-klapp."
Tom und Luna schauten sich verstohlen an. Beiden liefen Schauer über den Rücken.

Werner Geske überspielte die merkwürdige Stimmung: „Was ist eigentlich auf dem Dachboden über dem Wohnhaus? Könnte man den später mal ausbauen?“
„Genau, für uns!“, riefen Tom und Luna gleichzeitig.
Statt zu antworten, bekam Minna Käseberg einen schrecklichen Hustenanfall. Sie konnte sich gar nicht mehr beruhigen. Berta schrie: „Wo ist deine Mixtur, Minnie?“ Sie sprang auf, lief in die Küche und kam mit einer braunen Flasche zurück. Doch bevor sie ihrer Schwester daraus etwas verabreichen konnte, ließ der Husten nach.
Als alle wieder am Tisch saßen, fragte Luna: „Wer hat denn vor uns hier gewohnt?“
Die Alten hatten die Frage anscheinend nicht gehört. Jedenfalls reagierten sie nicht. Luna wiederholte ihre Frage, diesmal etwas lauter. Jetzt starrte Minna zu

Luna hinüber. Aber die alte Frau schien durch sie hindurchzusehen. Sie riss die Augen weit auf, kniff sie zusammen, riss sie wieder auf und ruckte mit dem Kopf wie ein Vogel. Dann stand sie plötzlich auf, ging um den Tisch herum zu Tom und beugte sich zu ihm herab. Mit ihrer knöchrigen Hand strich sie über seine Haare und flüsterte: „Wie gesponnenes Gold. Wie gesponnenes Gold.“
Tom duckte sich unwillkürlich. Wenn er eins hasste,

dann waren es Hände von alten Tanten oder Omas, die ihn begrapschten. Und jetzt noch diese komische alte Frau – igitt! Tom sah verzweifelt zu seinen Eltern hinüber. Werner Geske verstand. Er stand auf und zeigte den Kindern das Haus. Tom und Luna erkundeten jeden Winkel der alten Mühle.

Im Erdgeschoss gab es eine Riesenküche, ein Wohnzimmer, zwei kleine Arbeitsräume, ein Badezimmer und eine alte Backstube mit einem gigantischen Ofen.

„Kommt ihr rauf?“, rief Dagmar Geske von oben.

Luna rannte die Treppe hinauf in den ersten Stock.

„Wo ist mein Zimmer, Mama?“, fragte sie aufgeregt.

„Such dir eins aus“, sagte ihre Mutter. Sie zog ihre Tochter in einen Raum, dessen Eckfenster zum Wald hinausgingen. „Wie wäre es zum Beispiel mit diesem?“

Luna staunte. „Oh, ist das schön, Mama! Richtig romantisch.“
Plötzlich hörten sie Tom schreien. „Hilfe, Hilfe! Hau ab, du Mistvieh, lass mich in Ruhe.“
Dagmar Geske und Luna stürmten ins Nebenzimmer. Tom stand mitten im Raum und fuchtelte wild mit den Armen.

Berta Käseberg stand daneben und lachte hämisch. „Hahaha, das ist doch nur eine winzig kleine Fledermaus! Bist du aber ängstlich."
Tom stand wie versteinert.
Dagmar Geske öffnete das Fenster, und die Fledermaus huschte hinaus.
Tom atmete tief durch.
Dann rannte er auf den Flur. Luna folgte ihm.
Sie setzte einen Fuß auf die alte Treppe, die weiter nach oben führte. Im Nu war Berta neben ihr. „Da oben ist nichts", sagte sie schnell. „Nur der Dachboden."
Luna warf Tom hinter Bertas Rücken einen Blick zu.

Kurze Zeit später, nachdem die Eltern den Schlüssel fürs Wohnhaus bekommen und sich von den Käsebergs verabschiedet hatten, machten sich die Geskes auf den Heimweg. Auf der Fahrt sprachen die

Eltern über den Umzug und wie sie das Haus einrichten wollten. Tom und Luna waren sehr still. Sie hingen ihren Gedanken nach. Die Mühle war wirklich schön. Die Eltern hatten nicht übertrieben. Und beide freuten sich sehr auf das neue Zuhause. Aber irgendetwas dämpfte ihre

Vorfreude. Irgendetwas machte ihnen Angst. Warum wichen die Alten ständig aus, wenn man sie nach der Vergangenheit fragte? Warum sah Minna Tom immer so komisch an? Und was für ein Geheimnis gab es auf dem Dachboden? Hatten die Alten etwas zu verbergen?

Geräusche in der Nacht

Zwei Wochen später war es so weit. Familie Geske zog um. Tom und Luna hatten schon fast alle ihre Sachen in Bananenkisten verstaut. Jetzt mussten nur noch die Schreibtische ausgeräumt werden. Die Möbelpacker würden jeden Augenblick kommen.
Luna warf ihre Bücher und Hefte, Stifte und Briefblöcke schwungvoll in einen Karton. „Eins ist klar: Wenn man den alten Käsebergs Fragen stellt, kriegt man garantiert keine Antwort", sagte sie zu Tom.
Die beiden konnten den Besuch bei den seltsamen Alten nicht vergessen. Immer wieder sprachen sie davon.
Tom nickte stumm.

„Und wenn du mich fragst: Der Hustenanfall war gespielt“, sagte Luna.

Tom stöhnte: „Jetzt übertreibst du wieder.“

Da kam Luna richtig in Fahrt: „Und was war das für eine Mixtur? Auf der Flasche war kein Etikett.“

„Vielleicht sammeln die Alten Kräuter und brauen sich irgendeine Medizin zusammen“, vermutete Tom. „Im Fernsehen hab ich gesehen, wie das geht.“

„Ja, wahrscheinlich tun sie auch noch Krötenbeine und Fledermausflügel hinein! Wie richtige Hexen“, sagte Luna und schüttelte sich.

Tom guckte erschrocken. „Fledermäuse? Hör auf mit dem Quatsch.“ Er stand auf und wuchtete Bananenkiste Nummer vier aus dem gemeinsamen Zimmer. Dann hockte er sich wieder neben Luna. „Es gibt keine Hexen, Schwesterherz. Die beiden sind einfach nur ballaballa. Zumindest die eine – die, die hinkt“, sagte er.

Luna hatte das scheinbar überhört, denn sie fuhr fort: „Und wie Minna dich betatscht hat …" Sie schnappte sich Toms Hockeyschläger, stützte sich darauf und humpelte auf ihren Bruder zu. „Mein Junge, komm her", äffte sie Minna Käseberg mit krächzender Stimme nach. „Lass mich dein Haar berühren. Wie gesponnenes Gold. Wie gesponnenes Gold."
Als sie die Hand nach Tom ausstreckte und über seinen Kopf strich, wehrte Tom sie ab: „Jetzt hör endlich auf mit dem Quatsch!"
Dagmar Geske steckte ihren Kopf zur Tür herein und sagte: „Seid ihr fertig? Wir fahren rüber zur Mühle. Die Möbelpacker sind da."

Um kurz nach zwölf Uhr fuhr der große Möbelwagen, gefolgt vom Kombi der Geskes, vor der alten Mühle vor.
Werner Geske sprang als Erster aus dem

Wagen und klingelte bei den Schwestern Käseberg. Er wollte kurz Bescheid geben, dass sie jetzt da wären. Als niemand öffnete, winkte er die Möbelpacker zur alten Mühle herüber. „Kommen Sie, ich zeige Ihnen, wohin die Möbel und Kisten kommen."
Luna flüsterte Tom ins Ohr. „Die kochen bestimmt gerade etwas Leckeres in ihrem Hexenkessel!"
Tom grinste: „Ja, kleine Mädchen!"

Als es dunkel wurde, ließ sich Tom erschöpft auf Lunas Bett fallen.
Luna stand am Fenster und schaute in den Wald. „Ich fasse es nicht!“, raunte sie. „Komm mal her, Tom, schnell!“
Tom war im Nu neben seiner Schwester. Gemeinsam beobachteten sie Minna und Berta Käseberg, wie sie auf die Mühle zukamen. Jede trug einen Korb.

„Waren die etwa den ganzen Tag im Wald?“, staunte Tom.
Und Luna fragte: „Was die wohl in den Körben haben?“
An diesem Abend gingen Tom und Luna ausnahmsweise ohne Murren in ihre Zimmer.
Sie waren so müde, dass sie schnell einschliefen.

Mitten in der Nacht wurde Luna wach. War da nicht eben ein Geräusch gewesen? Luna setzte sich auf und lauschte angestrengt in die Dunkelheit. Da, wieder! Das Geräusch hörte sich seltsam knarrend an und kam vom Dachboden. Dann war wieder alles ruhig.

Luna wälzte sich unruhig im Bett hin und her. Sie musste immerzu an Minna und Berta denken. Was hatten die zwei Alten so lange im Wald zu suchen gehabt? Warum schaute und fasste Minna ihren Bruder immer so komisch an? Und dann

die Geschichte mit der Fledermaus. Berta war richtig schadenfroh gewesen. Luna wurde einfach nicht schlau aus den zwei alten Frauen. Und jetzt das Geräusch vom Dachboden. Hatte Berta nicht gesagt, da oben wäre nichts?
Luna schaute auf ihren Wecker. Es war fast Mitternacht. Sie knipste ihre Nachttischlampe an, zog dicke Socken und einen Pullover über ihren Schlafanzug und schlich zu Tom hinüber.
Ihr Bruder schlief. Sie fasste ihn an der Schulter und schüttelte ihn sanft.
Tom schreckte hoch.
Luna sagte leise: „Psst, Tom, ich bin's."
Tom rieb sich die Augen. „Luna? Was ist los?"
Luna setzte sich auf die Bettkante und sagte: „Ich kann nicht schlafen!"
„Und deshalb weckst du mich?", fragte Tom ungehalten.
„Komm, wir schauen uns ein bisschen

um“, schlug Luna vor. „Wir waren immer noch nicht auf dem Dachboden.“
Tom riss die Augen auf. „Jetzt? Spinnst du? Ich will schlafen!“
Aber Luna bestand darauf. „Los, komm.“
„Und die Käsebergs?“, fragte Tom. „Wenn die noch wach sind?“
„Das ist es ja. Ich habe auf dem Dachboden ein Geräusch gehört. Ich muss wissen, was da los ist.“
„Was soll da schon los sein?“, fragte Tom. „Wahrscheinlich sind Katzen auf dem Dach oder Mäuse auf dem Dachboden.“
„Oder Hexen“, flüsterte seine Schwester.
Tom gab auf. Er wusste, dass seine Schwester nicht locker lassen würde. Also schlug er die Bettdecke zurück, schlüpfte in seine Pantoffeln und nahm seine Strickjacke aus dem Kleiderschrank. „Aber hör auf, ständig von Hexen zu reden“, sagte er.
„Nimm deine Taschenlampe mit“, entgegnete Luna.

Leise schlichen die Kinder auf den Flur. Wenn nur die Dielen nicht so knarren würden! Luna war als Erste an der kleinen Treppe, die zum Dachboden führte. Sie fasste ans Geländer, tastete nach der ersten Stufe, nach der zweiten, dritten, vierten … bis sie oben angelangt war.
Tom folgte ihr mit der Taschenlampe dicht auf den Fersen.

„Leuchte mir mal", sagte Luna. Im hellen Lichtkegel fand sie das alte Schloss der Holztür und drehte den Schlüssel darin nach rechts. Die Tür sprang auf. Modriger Geruch schlug den Kindern entgegen.
Vor ihnen lag ein großer niedriger Raum. An den Dachbalken hingen Spinnweben, die gespenstisch im Wind hin und her schaukelten.
„Schau mal", flüsterte Tom. Er zeigte nach rechts. „Da ist eine Tür."

Die Kinder gingen auf Zehenspitzen zur Tür und drückten vorsichtig die Klinke herunter. „Mist“, rief Luna.
„Abgeschlossen.“
„Sei doch leise“, sagte Tom. Sein Herz schlug ihm bis zum Hals.
„Gib mir mal die Taschenlampe“, sagte Luna. Sie leuchtete den Türrahmen an allen Seiten ab. „Ha, da ist der Schlüssel!“ Schnell nahm sie ihn vom Nagel, der in die Wand links neben der Tür geschlagen

war, und steckte ihn ins Schloss. Hinter der Tür lag ein weiterer, fast ebenso großer Raum wie der, in dem sie noch standen.

Luna flüsterte Tom ins Ohr. „Das ist der Dachboden von den Alten."

Tom fasste seine Schwester am Arm und wollte sie zurückhalten. Aber Luna machte sich los. „Du lässt mich doch jetzt nicht im Stich, oder?", fragte sie beschwörend.

Tom stöhnte und folgte seiner Schwester in den dunklen großen Raum. Plötzlich knackte es, und der Boden gab unter Toms rechtem Fuß nach. „Luna, Hilfe!", rief Tom. „Ich stecke fest."

Luna half Tom, das Bein aus einem Dielenbrett zu ziehen. „Verdammt morsch, die Dielen", sagte sie und leuchtete den Boden gründlich ab.

„Da, guck mal", rief Tom. Er zeigte auf das Brett, in dem eben noch sein Fuß steckte. „In dem Loch steht ja eine Kiste!"

Luna beugte sich über Tom. Die Geschwister schauten angestrengt in das Loch.

Plötzlich wurde Luna von hinten an der Schulter gepackt. Zu Tode erschrocken, wirbelte Luna herum.
Tom und Luna stockte der Atem. Sie sahen eine gespenstische Gestalt in einem weißen Nachthemd. Ihre langen, weißen Haare fielen strähnig auf ihre Schultern, und im Schein ihrer Kerze sah sie wie eine leibhaftige Hexe aus. Es war Berta!

„Darf man fragen, was ihr hier treibt?“, fragte Berta streng.
„Wir …, wir …“, brachte Luna stockend hervor. Dann stürzte sie zusammen mit ihrem Bruder panisch die Treppe hinunter.
„Glaubst du mir jetzt, dass da was faul ist?“, fragte Luna außer Atem, als sie in ihrem Zimmer waren.
Tom nickte. „Ja, aber ich will nicht wissen, was es ist“, sagte er. „Gute Nacht!“ Damit schlich er in sein Zimmer und kroch unter die Bettdecke.
Luna starrte in die Dunkelheit und sagte trotzig: „Ich aber!“

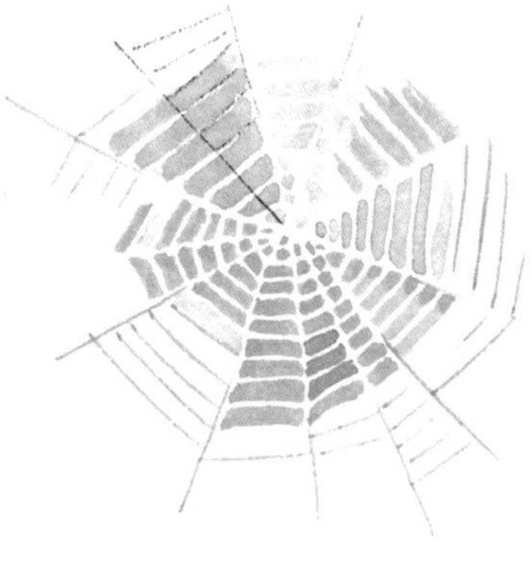

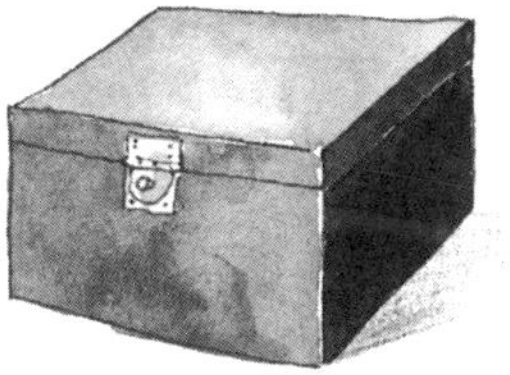

Ein verhextes Foto

Obwohl Tom und Luna in der Nacht wenig geschlafen hatten, waren sie schon früh auf den Beinen. Sie räumten und rückten den ganzen Tag still in ihren Zimmern herum. Rausgehen wollten sie nicht, weil sie Angst hatten, den Alten über den Weg zu laufen.
Am Nachmittag fragte Werner Geske Tom und Luna, ob sie mit zu den Käsebergs kämen. „Die alten Damen haben Kuchen gebacken."
Tom und Luna schüttelten heftig den Kopf und dachten: Hoffentlich petzt die Alte nicht von heute Nacht!
Als Luna hörte, wie sich die Stimmen der Eltern draußen entfernten, begann es in

ihren Fingerspitzen zu kribbeln. Sie stellte das Buch, das sie gerade in den Händen hielt, ins Regal und ging zu Tom rüber.
„Tom, das ist die Gelegenheit!“, sagte Luna zu ihrem Bruder, der dabei war, seine CDs zu ordnen.
„Was meinst du?“, fragte Tom betont gelangweilt und schob eine CD in seinen CD-Spieler. Dann drehte er die Musik laut.
„Tu doch nicht so“, schrie Luna gegen die Musik an.
„Lass uns schnell auf den Dachboden gehen

und nachsehen, was in der Kiste ist. Die Alten sind grade beschäftigt."
Tom sah zu seiner Schwester auf und sagte gedehnt. „Ich will damit nichts zu tun haben!"
Luna stemmte wütend ihre Hände in die Hüften. „Dann eben nicht", sagte sie und machte auf dem Absatz kehrt.
Kaum war seine Schwester aus dem Zimmer gerauscht, machte Tom die Musik wieder leise und horchte auf den Flur. Er hörte, wie Luna die Treppe hinaufkletterte. Hoffentlich passiert ihr nichts, dachte er.
Gerade war Tom aufgestanden, um nach Luna zu sehen, da kam sie schon wieder zurück. Kreidebleich stand sie vor ihm.
„Der Schlüssel ist weg!", sagte sie.
Tom atmete erleichtert auf. Jetzt musste Luna mit ihrer Schnüffelei aufhören.
Das Telefon klingelte. Tom lief nach unten und nahm ab. Luna setzte sich auf Toms Drehstuhl und dachte nach.

Bestimmt hatte Berta den Schlüssel weggenommen. Warum tat sie das nur? Und was war in der Kiste? Luna musste den Schlüssel finden.
Tom rief von unten: „Das waren die Anstreicher. Papa soll dringend zurückrufen. Ich muss rüber und Bescheid sagen."
Luna nickte geistesabwesend.

Als Tom bei den alten Schwestern klingelte, hatte er schweißnasse Hände. Minna öffnete die Tür. „Oh, mein Goldjunge", zirpte sie gleich los und streckte die Hand nach ihm aus. „Komm nur herein!"
Tom blieb auf der Schwelle stehen. Keine zehn Pferde würden ihn da jetzt reinkrie-

gen. „Ich wollte nur meinem Vater … können Sie ihn holen?“

„Na schön. Wenn du wirklich nicht willst“, sagte Minna und verschwand. Kurz darauf erschien Werner Geske in der Tür.

„Was gibt es denn so Geheimnisvolles?“, fragte er seinen Sohn.

Tom erzählte von dem Anruf der Anstreicher.

„Willst du nicht kurz reinkommen?“, fragte Werner Geske verwundert.

„Nö“, sagte Tom und drehte sich um. Als sein Vater die Tür hinter ihm schloss, hörte Tom ein Klimpern. Er drehte sich noch mal um. Im Schloss der Haustür baumelte ein dicker Schlüsselbund. Tom zögerte. Ob der Dachbodenschlüssel auch am Bund hing? Und wenn? Er konnte doch nicht einfach … Oder doch? Wie im Traum ging Tom zur Tür zurück und zog den Schlüssel ab. Dann rannte er nach Hause.

Als er außer Atem in sein Zimmer stürmte, saß Luna immer noch gedankenversunken an seinem Schreibtisch. Tom warf den Schlüsselbund auf die Tischplatte.

Luna schreckte hoch. „Bist du bescheuert?"

„Guck mal nach!", sagte Tom und wies auf die Schlüssel. „Ist er da dran?"

Luna schaute vom Schlüsselbund zu Tom und wieder auf den Bund. Langsam streckte sie die Hand nach den Schlüsseln aus. „Tom!", rief sie erstaunt. „Wo hast du die denn her?" Aufgeregt betrachtete sie einen Schlüssel nach dem anderen. „Da,

das könnte er sein!“ Luna sprang auf und jagte die Treppe hinauf.
Tom hastete hinterher. „Wir müssen uns beeilen“, rief er. „Wenn die Alten was merken, ist die Hölle los.“
Im Nu standen Tom und Luna vor der verschlossenen Tür, die zum Dachboden der Alten führte. Luna steckte den Schlüssel ins Schloss. Er passte. Die Tür sprang auf. Fahles Licht fiel durch die Dachluken auf den Holzboden.

„Da ist die Stelle!“, sagte Luna. Sie schob ihre Hand fast bis zum Ellbogen in das Loch. „Ich krieg die Kiste so nicht raus“, sagte sie. „Das Loch ist zu klein.“

Tom kramte sein Taschenmesser hervor. Er fuhr mit der Klinge unter das Dielenbrett neben dem Loch. Ein großes Stück Holz brach heraus. Jetzt konnte Luna mit beiden Händen in das Loch greifen und die Kiste herausholen. Vorsichtig öffnete sie sie. „Das sind ja lauter Fotos!“, staunte Tom. Die Geschwister sahen sich die vergilbten Schwarzweißbilder an.

„Ist das nicht unsere alte Mühle?“, fragte Luna. Sie gab Tom ein Foto.
„Klar!“, sagte Tom. „Und davor, das sind die Alten.“
Luna tippte sich an die Stirn. „Quatsch! Guck mal, wie jung die sind!“
„Schlaumeier. Das Bild ist ja auch schon alt …“, sagte Tom. Er drehte das Foto um. Auf der Rückseite stand leider keine Jahreszahl.
Luna sah das Foto genauer an. „Ja. Jetzt erkenne ich sie. Minna steht auch schon so schief da.“
Tom hatte das nächste Foto aus der Kiste gezogen. „Und hier stehen sie vor dem alten Ofen in der Backstube.“
„Da sehen sie echt aus wie Hexen“, sagte Luna.

Tom lief ein kalter Schauer über den Rücken. Diesmal widersprach er nicht. Plötzlich stieß Luna ihren Bruder in die Seite. „Tom!“, sagte sie. Sie starrte kreidebleich auf ein Foto. „Das bist ja du!“
Tom riss ihr das Foto aus den Händen. „Wieso …? Das kann nicht …“ Er drehte das Bild um. „1929“, las er laut.
„Da gab es dich doch noch gar nicht“, sagte Luna.
Jetzt hatte Tom genug. „Los, lass uns von hier verschwinden.“
Luna steckte das Foto ein, schloss die Kiste und rannte ihrem Bruder hinterher. Gemeinsam brachten sie die Schlüssel zurück. Zum Glück begegneten sie niemandem.

Das Geheimnis

Wenig später saßen sie in Toms Zimmer. Tom knabberte nervös an seinem Daumennagel und versuchte ruhig zu bleiben.

Luna saß auf Toms Bett und betrachtete immer wieder das geheimnisvolle Foto.

„Meinst du, die haben dich auf das Foto gehext?", fragte sie.

Tom zuckte mit den Schultern. „Was weiß ich? Sieht doch so aus, oder?"

Luna nickte. Es sah wirklich verdammt danach aus.

„Aber wozu? Ich meine, was soll das bedeuten?", fragte Tom.

Luna überlegte laut: „Die wollen uns damit Angst machen."

„Das haben sie geschafft“, sagte Tom. Wenn er sich vorstellte, dass Minna und Berta ihn einfach irgendwohin hexen konnten … „Wir müssen es Mama und Papa erzählen“, sagte er.
Luna stand auf. „Und dann? Mama und Papa werden das Foto den Hexen zeigen. Ich möchte nicht wissen, was die dann mit uns machen.“
Tom seufzte.
Er wollte lieber nicht darüber nachdenken.
Luna fasste ihren Bruder bei den Schultern. „Und wenn die zwei doch keine Hexen sind?“
Tom schaute seine Schwester entgeistert an.

„Du faselst doch ständig was von Hexen!“, schnaubte er wütend.
„Ja“, sagte Luna. „Und du hast immer gesagt, es gibt gar keine.“
Tom wünschte sich, er könnte das immer noch behaupten. Aber alles sprach dagegen.
Luna sah wieder das Bild an. Plötzlich lachte sie. „Du siehst aus, als hättest du dich verkleidet.“
Jetzt reichte es Tom. Er riss Luna schnell das Bild aus den Händen und verstaute es tief in einer Schublade seines Schreibtischs.
„Sehr witzig“, höhnte er. Dann lief er runter ins Wohnzimmer und schnappte sich ein paar alte Comics. Er wollte nur noch seine Ruhe haben.

Beim Abendessen verkündete Werner Geske: „Wir haben die Käsebergs morgen zum Kaffee eingeladen.“ Er schaute seine

Kinder an, die wortlos aßen. „Na, begeistert scheint ihr davon nicht zu sein.“
Tom hob seinen Kopf. „Doch. Es ist nur … weil …“, setzte er an. Er wünschte sich so sehr, alles seinen Eltern erzählen zu können. Aber da spürte er plötzlich einen stechenden Schmerz in seinem linken Fuß. „Aua!“, schrie er und warf seiner Schwester einen wütenden Blick zu.
Dagmar Geske legte ihr Besteck zur Seite. „Seit wir hier wohnen, sitzt ihr nur

mürrisch in euren Zimmern herum", sagte sie. „Wollt ihr uns nicht sagen, was los ist?"
„Doch", sagte Tom, „aber das ist nicht so einfach." Vorsichtshalber zog er seine Füße ein. Seine Eltern schauten ihn erwartungsvoll an. Tom sah unsicher zu seiner Schwester hinüber.
„Es ist ein Geheimnis", sagte Luna fröhlich. „Morgen wird es gelüftet!"
Die Eltern gaben sich damit zufrieden.

Den Rest des Abends verbrachten alle gemeinsam mit Abwaschen, Erzählen und Fernsehgucken.
Endlich gähnte Luna und sagte: „Ich geh ins Bett!"
Auf diesen Augenblick hatte Tom gewartet. Er stiefelte hinter seiner Schwester die Treppe hinauf und folgte ihr ins Badezimmer. Er schloss hinter sich ab und baute sich vor ihr auf. „Was hast du damit gemeint, ‚es ist ein Geheimnis'?"
Luna drückte einen Streifen Zahnpasta auf

ihre Zahnbürste und begann sich seelenruhig die Zähne zu putzen. Als sie fertig war, sagte sie: „Ich habe einen genialen Plan!"
Tom setzte sich auf den Rand der Badewanne. „Jetzt sag schon!"
„Wir müssen herausbekommen, wie du auf dieses Foto kommst", begann Luna. „Richtig?"
„Sehr genial", fand Tom.
„Und wer kann uns das sagen?", fragte Luna. „Die Alten! Richtig?"
Tom nickte.
„Also", sagte Luna, „müssen wir sie fragen!"
Tom war entsetzt: „Damit sie über unsere Schnüffelei Bescheid wissen und uns seelenruhig verhexen können, oder was?"
Luna legte den Finger auf den Mund. „Schrei doch nicht so! Wir fragen sie natürlich nicht direkt. Komm mit. Ich erklär dir alles."

Die Stunde der Wahrheit

Am nächsten Tag klingelten Minna und Berta Käseberg pünktlich um drei Uhr bei ihren Nachbarn. Zur Begrüßung überreichten sie Dagmar Geske einen großen Weidenkorb voller Steinpilze.

„Die haben wir selbst gesucht und gefunden“, sagte Berta Käseberg. „Unser Einzugsgeschenk!“

Dagmar Geske schlug die Hände vor den Mund. „Mein Gott, das ist ja ein kleines Vermögen. Haben Sie ganz herzlichen Dank!“

Tom raunte Luna zu: „Die sind garantiert giftig!“

Werner Geske winkte seine Kinder heran.

„He, ihr zwei. Kommt und begrüßt unsere Gäste."
Tom und Luna gingen steif auf die zwei alten Damen zu. Sie gaben ihnen nacheinander wortlos die Hände.
„Wie goldig!", säuselte Minna und streckte schon wieder die Hand nach Tom aus. Aber der machte eine geschickte Drehung und entkam so der Berührung.

Während Dagmar und Werner Geske ihren Besuch an den Kaffeetisch führten, verschwanden Tom und Luna in der alten Backstube.
„Ich habe Angst“, gestand Tom, nachdem er die Tür verriegelt hatte.
„Ich auch“, sagte Luna. „Trotzdem. Es muss sein.“
Tom tauschte seine Jeans gegen eine Kniebund-Lederhose, zog ein kariertes Hemd an und schnürte sich seine Wanderschuhe zu.
„Warte, jetzt kommt die Feinarbeit“, sagte Luna. Sie zog einen Kamm aus ihrer Hosentasche, mit dem sie Tom einen Mittelscheitel zog.

Dann drückte sie Haargel aus einer Tube auf seinen Kopf.
„Genug“, sagte Tom, der Haargel hasste.
„Super!“, stellte Luna fest. „Du siehst genauso aus wie auf dem Foto.“
Tom guckte unglücklich an sich hinunter.
„Ich geh vor und setz mich an den Tisch. Du zählst bis zehn, dann kommst du nach und setzt dich einfach neben mich“, sagte Luna. „Das klappt schon, keine Sorge!“, flüsterte sie. Dann verschwand sie.
Tom blieb reglos in der Backstube stehen. Er zählte leise bis zehn. Sein Herz klopfte so laut, dass er fast sicher war, die Alten könnten es hören. Als er bei neun angekommen war, setzte er sich langsam in Bewegung. Er hatte butterweiche Knie. Zunächst beachtete ihn niemand. Seine Eltern unterhielten sich angeregt mit den Alten. Nur Luna ließ ihn nicht aus den Augen. Doch plötzlich sah seine Mutter auf. Sie war so verdattert, dass sie keinen

Ton herausbrachte. Tom setzte sich neben seine Schwester. Alle Angst war auf einmal wie fortgeblasen. Das war die Stunde der Wahrheit. Tom nahm seinen Teller und wandte sich an seinen Vater, der ihn immer noch nicht bemerkt hatte.
„Krieg ich ein Stück Apfelkuchen?", fragte er.
Werner Geske schob den Tortenheber unter ein Stück Apfelkuchen und wollte ihn auf Toms Teller schieben. In dem Moment, in dem er seinem Sohn ins Gesicht blickte, kreischte Minna Käseberg los: „Gütiger Gott, steh mir bei!" Dabei schlug sie Werner Geske so heftig auf den Arm,

dass das Stück Apfelkuchen aufs weiße Tischtuch segelte. Minnas Augen klebten förmlich an Tom. Wie bei ihrer ersten Begegnung begann sie mit dem Kopf zu rucken wie ein Vogel. Dann sagte sie zu Tom: „Gustav, du darfst nicht böse sein. Wir haben das doch alles nur für dich getan! Wenn wir gewusst hätten, dass du gar nicht tot bist …“

Werner Geske legte eine Hand auf Minna Käsebergs Arm. Er lachte. „Aber Frau Käseberg“, wollte er sie beruhigen. „Niemand ist tot.“ Dann fragte er Tom: „Kannst du mir verraten, was die Verkleidung soll?“
Tom öffnete den Mund, um alles zu erklären, aber Minna Käseberg war schneller. „Gustav, du brauchst gar nichts zu erklären, mein Schatz. Das ist alles meine Schuld.“ Und zu Werner Geske sagte sie: „Lassen Sie den Jungen in Ruhe!“
Luna beobachtete die ganze Zeit über Berta. Berta versuchte mehrmals ihre Schwester zu stoppen, aber Minna Käseberg plapperte einfach weiter.
Schließlich stand Berta auf und sagte: „Minna, wir müssen jetzt nach Hause. Das ist zu anstrengend für dich!“
Aber Minna blieb sitzen. „Berta, siehst du denn nicht? Gustav ist zu uns zurückgekehrt.“

Jetzt platzte Berta der Kragen.
„Papperlapapp. Das ist nicht Gustav. Das ist Tom. Er hat sich verkleidet."
Minna starrte Tom mit offenem Mund an.
„Das ist doch nicht möglich", sagte sie, „diese Ähnlichkeit!" Dann sank sie in ihren Stuhl zurück.
„Wer sieht wem ähnlich, und wer ist Gustav?", wollte Dagmar Geske nun endlich wissen.

„Meine Schwester ist nur ein bisschen angespannt ...", erklärte Berta schnell. „Sie sieht ... sie sieht neuerdings Gespenster. Es ist alles in Ordnung, glauben Sie mir."
Luna hatte Angst, dass die Alten einfach gehen würden. Sie beugte

sich zu Minna vor und
sagte: „Gustav war sicher
ein hübscher Junge."
Minnas Miene hellte
sich sofort auf.
„Oh ja!", stimmte sie zu
und betrachtete Tom.
„Und sein Enkel ist ihm
wie aus dem Gesicht
geschnitten."
Da ließ Berta die
Arme sinken und

setzte sich wieder auf ihren Stuhl. „Also gut“, sagte sie. „Ich werde die ganze Geschichte erzählen.“ Eine halbe Stunde später schaute sie erschöpft in die Runde.

Werner Geske schüttelte ungläubig den Kopf. „Sie waren also Dienstboten bei meinen Großeltern und kannten meinen Vater von klein auf?“

„Ja“, antwortete Minna. „Kurz nachdem Gustav, Ihr Vater, in den Krieg ziehen musste, starben Ihre Großeltern.“

„Und sie wussten nichts von mir?“, wollte Werner Geske wissen.

„Nein“, antwortete Berta. „Als Sie geboren wurden, waren Ihre Großeltern schon tot. Und Ihr Vater ist wenige Tage nach Ihrer Geburt gefallen.“
Werner Geske nickte. „Das hat mir meine Mutter auch immer erzählt. Da sie meinen Vater im Krieg kennen gelernt hat, hat sie ihre Schwiegereltern nie gesehen und natürlich auch nichts von der Mühle gewusst.
„Aber warum haben Sie denn nicht von

Anfang an die Wahrheit gesagt?", wollte Dagmar Geske noch von Minna und Berta wissen.

„Bei dem Namen Geske wurden wir natürlich stutzig", sagte Berta. „Aber erst als wir Tom sahen, wussten wir, dass Sie die rechtmäßigen Erben der alten Mühle sind. Wir hatten Angst, das Haus verlassen zu müssen, wenn wir Ihnen das erzählen", sagte Berta.

„Und wir haben doch außer der schönen Mühle hier kein anderes Zuhause", ergänzte Minna ganz leise. Tom und Luna hatten die ganze Zeit über angestrengt zugehört und keinen Ton dazu gesagt.

„Und woher wusstet *ihr* das alles?“, wollte Dagmar Geske von ihren Kindern erfahren.
„Wir wussten es gar nicht“, sagte Luna und holte das Foto aus der Brusttasche. Sie gab es ihrer Mutter. „Wir haben nur das hier oben auf dem Dachboden gefunden.“

Dagmar Geske betrachtete das Bild sehr aufmerksam. Dann schaute sie ihren Sohn an, als sähe sie ihn zum ersten Mal. „Das ist ja wie verhext“, sagte sie leise.
Minna und Berta räusperten sich.
„Wie soll es denn jetzt weitergehen?“, fragte Berta.

Es herrschte angespanntes Schweigen. Dann lachte Dagmar Geske. „Es könnte doch alles so bleiben, wie es ist. Sie wohnen weiter im Nebenhaus, und wir in der Mühle. Mietfrei, versteht sich!“ Minna und Berta trauten ihren Ohren nicht. „Sie sind ein Geschenk des Himmels“, rief Minna überglücklich.

„Ja“, sagte Werner Geske. „Sie aber auch. Sie haben schließlich immer auf das Haus aufgepasst. Wenn Sie ausgezogen wären, hätten wir die Wahrheit vielleicht nie erfahren.“

Berta lächelte die Geskes vorsichtig an. „Jetzt brauche ich aber erst mal einen ordentlichen Schnaps! Und ihr könnt ruhig inzwischen die ganze Kiste vom Dachboden runterholen, Kinder“, schlug sie Tom und Luna vor.

Als Tom und Luna spät am Abend die Treppe hinaufgingen, sagte Tom: „Siehst du, Schwesterherz, ich hatte Recht. Es gibt keine Hexen!“
Luna schnitt eine Furcht erregende Fratze. „Aber, Bruderherz“, sagte sie mit tiefer Stimme. „was nicht ist, kann ja noch werden.“

LUSTIGE RÄTSEL

ab 8 Jahren

Löse das Kreuzworträtsel!

1. Wo finden die Kinder die geheimnisvolle Kiste?
2. Womit vergleicht Minna Toms Haar?
3. Wohin zieht die Familie Geske?
4. Was machen die alten Damen wohl aus Kräutern?
5. Was schenken die alten Damen zum Einzug?
6. Welche Farbe hat Minnas Flasche?
7. Wann gehen die Kinder das erste Mal auf den Dachboden?
8. Was ist in der Kiste?
9. Das darf man keinem verraten.
10. An welches Tier denkt Luna bei Minna?
11. Wie heißen die alten Damen mit Nachnamen?
12. Wofür halten Tom und Luna die alten Damen?

Auflösung: Dachboden, Gold, Mühle, Medizin, Steinpilze, braun, Mitternacht, Fotos, Geheimnis, Huhn, Käseberg, Hexen; **Lösungswort:** Holzpantinen

LUSTIGE RÄTSEL

ab 8 Jahren

Was stimmt bei diesem Mühlenbild nicht?
Sechs Dinge fehlen. Welche?

Auflösung: Brett im Dachstuhl, am Mühlrad Schaufelbrett und Speiche, Stück vom Bootsseil, Brett im Boot, Steine in der Mauer

SchneiderBücher
Lesedidaktisch empfohlen von Prof. Dr. Bäuml-Roßnagl Universität München
für Erstleser

Das kunterbunte Nilpferd

In vier Stufen spielend lesen lernen

4. Stufe
Kinderroman ab 8

Alle Bücher mit zwei lustigen Rätseln

Leseland